一隻狼在放哨——阿巴斯詩集

The Poetry of Abbas Kiarostami

阿巴斯·基阿魯斯達米 著

黃燦然 譯

The Poetry of Abbas Kiarostami　　　一隻狼在放哨 ──────── 阿巴斯詩集

Content

定格中的同情─────阿巴斯的另一個世界

鴻鴻

　　電影的製作曠日廢時，在拍攝前後，要耗費大量時間等資金、等演員、等後製、等上片。電影很難視為一種純粹創作，因為現實的牽制重重。資本主義世界的電影要看老闆臉色，極權國家的電影要通過層層審核。身為導演，往往得耗費極大的心力在等待上，有時一等就是好多年，甚至一輩子。等待的時候，除了發想一個又一個無法完成的電影夢，導演還能做什麼呢？

　　蘇聯時期的亞美尼亞導演帕拉贊諾夫，或許是最鮮明的例子。他以飽含詩意的電影聞名，包括以詩人莎亞・諾瓦生平為主軸的《石榴的顏色》、改編萊蒙托夫長詩的《吟遊詩人》。在他漫長被監禁、被禁止拍攝的年代裡，他經常把身邊的物件、或朋友贈送的禮物砸碎，再重新組合拼貼成一件藝術品。這是他的物件詩，表達他的憤怒與從殘缺中追求美感的渴望。而伊朗導演阿巴斯・基阿魯斯達米，則是在拍片空檔拍照及寫

詩。他的詩很短，像他的攝影作品一樣簡潔，時而寧靜，時而幽默，時而充滿戲劇性的張力。裡面呈現的時間感與存在感，甚至超越了他的電影，彷彿電影才是他在寫詩空檔，偶爾從事的副業。

　　阿巴斯曾如此衡量電影與詩這兩種藝術：「電影像一個固定下來的東西，不會同你一起成長；而詩卻會同你一起成長、一起變化。」會把電影固定下來的，無非是敘事。難怪阿巴斯晚期的電影經常拋棄敘事性，越來越趨近於詩。比如以五個拍攝自然界長鏡頭組成的《五》，以及他結合攝影與動畫的遺作《24格》。這些作品讓人靜觀、沉思，迥異於一般電影想盡辦法令人興奮的企圖。阿巴斯是這麼說的：「我喜歡給人安寧的東西，能夠讓人找到自我。」

　　阿巴斯的安寧，往往被視為空靈的禪意。但一旦深讀，會發現他的詩並不空靈，一如他的電影。比如《何處是我朋友的家》，成人眼中的小事（還作業本給同學），卻是孩子眼中無比嚴重的大事。又如《櫻桃的滋味》主角，是個想一心求死的

男人。這些都絕不輕易。他的安寧，毋寧是一種關照世事的專注，而非事不關己的超然。看看這一首：

秋天第一道月光
射在窗上
震顫玻璃。

一道月光，竟可以如許溫柔、又如許鋒利。詩人沒有解釋玻璃因何震顫，這是給讀者的留白，但讀者卻忍不住跟著震顫。再讀這首：

數千枚針的傷口
在絲綢布上。

可見阿巴斯的「物哀」之心，無所不在。他陳述的力道，如果是禪，也是具有棒喝效果的禪。他的詩所帶來的頓悟，不是解脫，反而是深陷在萬物有情的理解與共感當中。

阿巴斯最熱愛書寫的是自然。他拍了數十年的攝影作品，率皆為自然風景，用意原只為與未能親臨現場的朋友分享。那些畫面完全可以呼應他的詩作：荒涼的、蜿蜒的山間道路，雪地裡的一匹馬、一條狗、一棵樹、或一棟小屋。在他的攝影裡充滿了寂寞，但他的詩卻在寂寞裡孕育了豐沛的感情。

　　阿巴斯的電影慣以紀錄式的手法、拍攝非職業演員與真實場景著稱，可以說現實感十足。風格看似素樸，主題與脈絡卻無疑是經過深思熟慮的，展現了通透的人情練達。他的電影除了廣袤的自然，最重要的，畢竟還是人物。他的人物詩中，也經常流露人情練達的心得：

你不在時
我和你
談話，
你在時
我和自己。

把情感關係描繪得既幽默又傷感。他一系列的人物速寫，豐沛的情感往往寄寓於素樸的意象當中：

一個挺著大肚子的孕婦
醒來
在五個沉睡的女兒和一個男人中間。

充滿敘事的暗示，但前因後果闕如，只有一個切片，彷彿從一部小說中攔截的片刻，卻引人浮想聯翩，讓讀者想要自行完成這部小說。每一個停格畫面，都將戲劇性的對比瞬間凝結，令人驚愕或莞爾。例如這一首：

穿黑衣的哀悼者中
一個小孩
盯著柿子。

在生動的畫面裡，死亡瞬間被吃的慾望驅趕走了。有時，這些被凝結的片刻更兼含複雜的悲傷與幽默：

落在最後的馬拉松選手

回頭望。

　　阿巴斯的深度，就在於他看見了荒謬、指出了矛盾、經歷了難堪，在千迴百轉的感受之後，卻不多置一詞，讓讀者自己玩味。這無疑是詩意的極高境界。

　　然而，在他最後一本詩集《風與葉》當中，阿巴斯變得更直接、更尖銳了，更為孤獨、更為傷感、更為憤怒，更不避諱展示傷口，也更多直面死亡的篇章。他從旁觀者，變成了主角，詩成了他的心靈自傳。彷彿在印證薩伊德所指陳的「晚期風格」，那種粗礪的、無解的、不再刻意追求圓融的風格，卻更真誠地表達了生存的艱難。他的詩找到了自我，但不再是透過安寧。如果說他的電影從入世逐漸出世，他的詩則剛好相反，從出世轉而入世，而且無意回頭。詩不再是未能拍成的電影的餘緒（如他在某次訪談中所言），而成了站在電影對面的獨立質問。這樣一個悶悶不樂的阿巴斯，我們可能並不熟悉，但是對他所有拍過的電影、對他從前寫過的詩，卻是一個珍貴的補

充。詩不只是領悟（如果真的悟了，何須一悟再悟？）也可以是內在真實陰影的投射。在這裡，我們發現導遊有他自己的故事，於是我們也不得不省視自身的陰影、自身的不快、自身的空洞──然後呢？

阿巴斯不疾不徐地說：「讓我們往前走。」

I

——

一隻狼在放哨

黎明。

黑母馬

生下的

白駒。

秋天第一道月光

射在窗上

震顫玻璃。

第一陣秋風襲來，

一大群葉子

逃進我房間裡避難。

兩片秋葉

把自己藏進

晾衣繩上

我的衣袖裡。

雨天。

一把雨傘

被風摧折

在人行道上。

我從高山上

撿走了

三個麻雀蛋。

下山的路

好艱難。

影子跟蹤我，

時而在前，

時而在旁，

時而在後。

多美妙啊

陰天！

今天，

像昨天，

一個錯失的良機。

剩下的只有

詛咒人生。

你不在時，

我和自己在一起。

我們談話

如此容易在一切方面

達成共識。

你不在時

我和你

談話，

你在時

我和自己。

從我的孤獨

我尋求分享更大

份額的你。

你不在時，
白天和黑夜
是分秒不差二十四小時。
你在時，
有時少些
有時多些。

快遞
給我送來
一封充滿仇恨的信。

猶豫，
我站在十字路口。
我唯一知道的路
是回頭路。

我失去
我得到的。
我得到我失去的。

一座斷橋。
一個旅行者，腳步堅定
在路上。

燈籠光。
挑水者長長的影子
投在開滿櫻花的樹枝上。

稻農

念叨著愛人的忠貞。

或者那是背痛？

我的襯衫

是一面自由的旗幟

在晾衣繩上，

輕鬆地擺脫

身體的束縛。

我讚美的

我不愛。

我愛的

我不讚美。

可惜

我不是落在我眼瞼上的

第一片雪花的

好宿主。

下雨的日子

雨

沒下夠。

水

在被浪費的地方

灌溉

野草。

楰椊樹
在一座廢棄的屋子裡
開滿了花。

白菊花
望著
滿月。

一匹受傷的馬，
沒有主人。

白駒，

紅到膝部

在罌粟地裡

蹦跳。

那棵老榆樹

一點兒一點兒

消失到

暗夜裡去了。

日出

在白駒屍體上

在老鷹金色的眼睛裡。

一條河，流動。

一棵樹，被圍起。

多麼高，

多麼壯觀

那隻鷹飛到空中

尋找一具小動物屍體。

無目標地，

靜悄悄地，

一頭狂怒的公牛

橫渡

咆哮的河流。

減弱

陽光的暴烈的雲

在哪裡？

一隻狼

在放哨。

僅僅三滴血，

三百隻蚊子在炎夏

忙了一整夜的成果。

一隻無害的蚊子

與我共度一夜

直到早晨

在我臥室的蚊帳裡。

飛翔

是一隻在自身周圍

織了一堵絲綢牆的毛蟲

所得的獎賞。

數千枚針的傷口

在絲綢布上。

一個滿是鏽斑的鎖
守護著
一座無屋頂房子的
朽門。

我不羨慕
任何人
當我沉思
穿過楊林的
風。

三株楊樹軀幹上
三道刀傷。
三名外國士兵的紀念品。

龍捲風

捲走

牧羊人鳴叫的水壺

越過山峰。

火裡的野芸香。

充滿煙霧的空氣。

泥屋裡神祕的

焦慮。

春雨

把老牧羊人

好不容易點燃的火

滅了。

核桃的味道。

茉莉的芳香。

雨落在塵土上的味道。

一個女孩醒來，

頭靠在硬枕上。

乾草堆裡

一個仿製手鐲。

一個小女孩

穿過萵苣地。

空氣中

鮮核桃的味道。

浪尖上

一片木塊。

來自哪艘船？

來自哪條河？

要去哪裡？

春天風暴

瞬間吹滅

神殿裡每一根

蠟燭。

在集體祈禱中

有一個人

與其他所有人

都不合拍。

落在最後的馬拉松選手

回頭望。

在一個濃霧的日子

在彼勒瓦爾村

一個昏昏欲睡的小孩

上學去。

濃霧的日子。

很難看清

賣防曬乳的

廣告牌。

煙霧味。

野芸香味。

嬰兒哭。

泥屋。

日夜操勞。

只剩夠半天的

食物。

下雪的早晨。

我出去

沒穿外套，

懷著小孩的熱情。

年輕的新娘

淚汪汪

向那漁夫

告別。狂風

驟雨之夜。

天空撕裂

在破鏡裡。

多好啊

每個人都走自己的路。

一個外地人
向一個也是外地人的
初來乍到者
問路。

我偏離正路的結果
是給後來者留下
一條條泥路。

剪。
扔掉。
一朵難聞的
花。

那疲倦的村民

在稻草人的陰影裡

睡著了。

酸橙樹花盛開

在雨後

流動的河裡。

我把雨傘忘在哪裡了。

前面旅途漫長。

黑雲密布。

日出。

五時十五分

三十秒。

我們多麼習慣於

看不見

翻飛的群鴉中

那隻鴿子。

在鳥的眼裡

西邊

是日落之處

東邊

是日出之處。

除此無他。

看到

「請勿觸摸」

我便手癢。

我睜著眼

把我的臉埋進

泉水裡。

十枚小卵石。

天空

是我的。

大地

是我的。

我多富有。

我傾聽

風的低語，

雷的吼哮，

波濤的音樂。

當我回到出生地

父親的屋子

和母親的聲音

都消逝了。

一個挺著大肚子的孕婦

陪著

五個不同年齡的小孩

從下科克

去上科克

受教育。

當我回到出生地

河流已變成小溪

沒有兒童

在水裡游泳。

當我回到出生地

童年的遊樂場

覆蓋著

廢金屬和生石灰。

唉

當我回到出生地

沒人跟我打招呼。

在我的出生地
童年的理髮師
認不出我，
隨隨便便地
給我剃頭。

在我的出生地
如今大家都很不耐煩。
排隊時
向前扭來
拐去。

我徒勞地問候她。

她的反應表明

她

認不出我。

當我回到出生地

楹梓樹

沒結果

而白桑葚

被買賣。

我出生地那個

年輕麵包師傅

如今老了，為他不認識的顧客

烤未發酵的麵包。

我出生地那棵大西克莫槭樹

在我眼裡似乎變小了。

官員海達里

也似乎不那麼可怕了。

我出生地那個賣酒的男人

有一間破敝的舊貨商店

滿是

空酒瓶。

當我回到出生地，

學童們

在工作和做買賣。

老師們

是貧困的顧客。

當我回到出生地
一棵棵桑樹
正被相識的人
砍掉。

夏日正午。
新鮮出爐的麵包的味道
從麥田那邊飄過來。

一隻千足蟲
跟著她的伴侶
穿過橄欖樹林。

我躺在

堅硬的地面上。

棉絮雲。

我從馬上摔下，

仰天跌倒。

腳痛。

背痛。

幾千種治療建議之痛。

天堂與地獄

靠得這麼近。

又離得那麼遠。

終於

有一個夏天下午

在聆聽稻草人了。

來自

泥屋的

白煙

在藍天裡。

我在這村子裡

什麼也沒看見。

沒有炊煙

從泥屋升起，

沒有衣服

掛在晾衣繩上。

黃昏。
那只羔羊
觀察
那匹狼。

新月。
舊酒。
近來的朋友。

信不信由你
我從得益中
受損
又從受損中
得益。

我不再同情

我的師傅。

我和追隨者們

切斷聯繫。

我輕鬆

上路。

很久了

自從上次月亮出現。

無窮盡的烏雲。

信不信由你

有時候我懷念

被狠刮一巴掌。

月光照在

一個老妓女

化妝的臉上。

那條蛇

滑過它脫掉的殼

冷漠地。

蜂

蜇我腳上的傷口。

我得到的是蜂。

蜂得到的是傷口。

一個無頭的玩偶

在一條從山上流下來

慢慢朝著大海而去的

河流裡

漂浮。

井底裡

一個寂寞的男人。

井口上

一個寂寞的男人。

他們之間一個水桶。

一首懷舊歌。

一片外國地。

一群幹活的男人。

在數以百計的

貝殼中間，我尋找

我那枚貝殼似的鈕扣。

我屋子的閣樓

充滿我很享受的

無用的東西。

我不知道

是應該感謝

還是抱怨

那個無法教會我對事物

漠不關心的人。

我考慮是否解釋某件

難以解釋的事情。

聽人解釋

你已經知道的事情

是多麼沉悶。

那種人多可笑，
知道了還問。

白天的氣惱
在每夜的夢裡
毫無立錐之地。

假裝偉大的方法就在這裡。
背靠泥牆。

我已忘記了

我的積怨和我的愛。

我已原諒了

我的敵人。

我選擇

不交新朋友。

今天

我的信仰是

生命美如斯。

在那些

遮遮掩掩的人中間

我遮掩我的渴望。

今天，

如同每一天，

被我失去了。

一半用於想昨天，

一半用於想明天。

在科學課上

一朵無名小花

被分成

五部分，

各有名稱。

在善與惡之上
是藍藍的
天空。

野花
還不知道
這條路
已荒廢
多年。

黎明
野鴿飛。

在我生命中
偶然事件的影響
大於決定，
懲罰的影響
大於鼓勵，
敵人的影響
大於朋友。

破曉。
小偷
覺得那個沉睡中的警察
怪可憐的。

無味的花

散發的香氣。

青春的歡樂。

最終

剩下的

是我和我自己。

我自己冒犯我。

沒人來調解。

在一條土路上

我看見一個盲人

沒人帶領

也沒有拐杖。

生命

是對被踐踏者的

不公正的抹黑。

井底一小片水

反映的

曙光。

我已

不受限制。

完全自由。

可這自由

要限制我多久？

等待一個朋友

來講和，

透過窗口

我沉思

一片遼闊的風景。

我操勞。

沒有快樂。

沒有悲傷。

在我一生的詞典裡

愛的定義

總在改變。

午夜。

我日記裡記錄的

一部傑作。

日出。

徹底的垃圾。

要抵達天堂

你得穿過地獄。

每夜

我都死去。

黎明

我又再生。

太陽

和月亮照射

一個小池塘

和兩隻鴨。

孤獨的嚴寒

終於有我的想像力的地獄

來串門了，

我頓時溫暖起來。

我擔心

希琳的哭泣

會因為

法爾哈德鑿山的聲音而聽不見。[1]

註：

典出烏茲別克斯坦中世紀著名詩人納沃伊的詩《法爾哈德和希琳》，納沃伊熟讀波斯語詩人作品，能同時用波斯語和烏茲別克語寫詩。法爾哈德愛上希琳公主，被也垂涎公主的國王霍斯羅夫罰去做一項不可能的任務：在懸崖岩石上鑿階梯。

我鄙視文字。

尖。

酸。

苦。

辣。

用手語

跟我說話吧。

在我聽來

雪中饑餓的麻雀

聲音跟春天裡

一樣。

在最黑暗的夜裡
死胡同盡頭泥牆上
盛開著一朵
茉莉花。

一片烏雲
把雨下在
烤焦的山邊那棵
孤獨的柏樹上。

風
掠過沙漠
和窄巷。
掠去死胡同盡頭的
茉莉花。

雪中的
餓狼。
睡在羊欄裡的
羊。
門口的
看家狗。

孤獨。
與我自己達成
無條件協定的
結果。

II

隨風

一匹白駒

從霧裡閃現

又消失到

霧裡。

雪中一個過路人的足跡。

他是出去做什麼事情嗎？

他還會從同一路線

回來嗎？

一個墓園，

完全

覆蓋在雪中。

雪只在三座埋葬著

三個少年的墓頭上

融化。

雪

正快速融化。

腳印，

大的小的，

很快就會消失。

鼓聲。

沿途兩邊的罌粟花

警惕起來。

他們會回來嗎？

一百個服從的士兵

進入軍營。

月光之夜。

不服從的夢。

一小撮雪。

漫長冬天的紀念品。

早春。

櫻桃樹林中

一個老修女在忠告

年輕修女。

一日大的小雞

親歷

最早的春雨。

蝴蝶

無目標地飛旋於

春天和煦的陽光中。

筆記書頁

在春風中翻動。

一個孩子睡在

他自己的小手上。

一個老修女

獨個兒吃早餐。

水壺的鳴叫。

野雞冠

在井然排列的春天紫羅蘭中

等待時機。

又跳又蹲。

蚱蜢

又蹲又跳

朝著只有它才知道的方向。

六個矮修女

走在

高高的西克莫槭樹中間。

烏鴉的叫聲。

在數百塊

大大小小的石頭中

只有一隻烏龜

在移動。

蜘蛛

在日出前

已開始工作。

多幸運

那隻老烏龜

沒注意到小鳥靈巧的飛翔。

它抽芽。

它開花。

它凋謝。

它散落。

沒人看見。

蜘蛛
停下工作
看了一會兒
日出。

工蜂們
在春日正午
工作放慢了。

那隻老烏龜
怎麼有可能
活了三百年
而不知道天空？

那顆彗星

穿過黑夜

進入寧靜的池心。

水中燃燒的

金屬之歌。

在一個沉睡的男人身邊

一個女人，醒著。

沒有充滿愛意的撫摸的希望。

星期四晚上。

五個孕婦

在候診室的寂靜裡。

一片西克莫槭樹葉

輕輕飄下

落在

它自己的陰影上

在一個秋日的正午。

風聲

在山谷裡迴響。

沒有過路人，

狗都沒有。

一滴雨

從一片黃楊樹葉上

滾入泥水裡。

一百棵大樹

在風中

折斷。

那株小幼樹只被吹走

兩片葉子。

這一回

野雁

落在砍斷的蘆葦叢上。

一個孕婦

默默流淚

在一個睡著的男人的床上。

十次

風

撞開

那道舊門

再大聲地

關上。

一個疲倦的男子

獨自一人，

距他的目的地

只有兩三英里。

月亮

在雨後不久

照射潮濕的黃楊樹。

月光

照亮一棵被雪覆蓋的

松樹。

一朵無名小花

獨自生長

在一座大山的裂縫裡。

雷聲隆隆

滾過村子

打斷

狗的嗥叫。

在一條山路上

一個老村民。

遠方傳來一個少年的呼喊。

那座損壞的橋

刮擦

水面。

浪費的月光。

誰都
無能為力
當天空這樣專注於
下雨。

黑狗
對新來乍到者
狂叫。
無星之夜。

元旦。
春風
把稻草人頭上的帽子吹走。

滿月
小心翼翼
爬上火山峰頂。

鑰匙
從稻田裡一個女人脖子上
無聲掉下。
水壺鳴響
從廚房火爐上傳來。

六十六級長臺階
通往花園盡頭。
一個矮修女的腳步聲。

一頭懷孕的母牛。

兩個空奶桶

提在一個路上男人的手中。

一條麵包

在五個饑餓的孩子

和一個挺著大肚子的孕婦之間分享。

工蜂們

停下來

圍著蜂后

歡快地交談。

那頭寬大的母牛

走起路來

就像牠背後那個提著

兩個奶桶的村民。

一個挺著大肚子的孕婦

醒來

在五個沉睡的女兒和一個男人中間。

兩個修女

冷冷地

穿過西克莫槭樹間的

小路。

月光

射進窗玻璃

照在一個沉睡中的年輕修女

蒼白的臉上。

秋天的陽光

照在泥牆上。

一隻活潑的蜥蜴。

秋天的陽光

穿過窗玻璃

照在地毯花卉上。

一隻蜂撞到玻璃。

秋天風暴。

松果

一個個

掉落。

夕照。

蒼蠅圍著那匹死馱馬的頭

嗡嗡叫。

這一回

蜘蛛

給桑樹和櫻桃樹的枝枒

聯網。

雨

落在枯樹上。

遠方烏鴉的歌聲。

乾旱。

正午

風

把一小朵雲撕成兩片。

一往西，一往東。

在一堆螞蟻中

一隻小螞蟻舉行感恩會

慶祝在鵝卵石上從可怕的馬蹄下

逃生。

村子裡的兒童毫不猶豫地

瞄準

稻草人的錫皮頭。

早晨棉田裡的

濃霧。

遠方的雷聲。

向日葵垂著頭

在第五個陰天裡

低語。

蜘蛛滿意地
望著自己在桑樹和櫻桃樹枝枒間的
勞動成果。

在神殿裡
我有千頭萬緒。
我離開時
到處鋪滿雪。

蒲公英小花
經過漫長的旅行抵達池塘。
沒有發生任何事情。

蜘蛛
小心翼翼地
從一個老修女的帽上
撤退。

修女的談話
毫無進展。
終於
就寢時間到了。

那烏鴉
在白雪覆蓋的草地裡
困惑地望著自己。

那條流浪狗

在春雨中

洗澡。

那修女

撫摸

絲綢布。

它可以用於某種習慣嗎？

那條狗埋伏在

小巷盡頭

等待新乞丐。

那條睡覺的狗睜開一隻眼睛
望了望那隻討厭的蚊子
又閉上。

那隻鴿子
在飛越火山峰頂時
創作了第一首史詩。

向日葵
互相擠成一團。
大雨傾盆。

其中一個修女

說了什麼。

別的修女

大笑。

兩隻蜻蜓，一雌一雄，

擦身而過

在橡樹林中。

星期日下午。

兩個離開教堂的妓女之間

咄咄逼人的爭吵。

地震
甚至摧毀了螞蟻
儲藏的穀物。

那個小蘋果
在一道小瀑布下
打轉。

穿黑衣的哀悼者的沉默中
色彩繽紛的水果。

穿黑衣的哀悼者中

一個小孩

盯著柿子。

掘墓人

停下來

吃點兒

麵包和芝士。

蜘蛛

兩天的勞動成果

被一個老僕人的掃帚

毀了。

蜘蛛
開始
織網,
這一回
在絲綢窗簾上。

月光
穿過窗子。
嬰兒的哭聲。

學童們
把耳朵
貼在廢棄的鐵軌上。

稻草人，孤零零。

荒蕪的田野。

初冬。

鳥兒

戲弄

稻草人的手和臉。

易如反掌。

那個學童

走在舊鐵軌上，

笨拙地模仿

火車的聲音。

元旦。

風

舞動

稻草人的舊外衣。

在警衛室的黯淡燈光下

一個孩子

在畫畫。

父親

在睡覺。

那個發燒的孩子
目光穿過窗口
望著雪人。

一滴雨滾下玻璃。
一隻沾滿墨水的
小手
抹去窗上的凝結物。

風
不會把被它吹入空中的風箏
送回來。

數百顆鮮核桃

包圍一個

小手黑兮兮的孩子。

一座

有一千三百年歷史的神殿。

時間

七點還差七分。

那村民

回到他的土地

準備春耕

而沒望稻草人一眼。

煤礦崩塌。

數百隻蝴蝶飛逃。

雪的發白

刺痛

離開煤礦的工人。

修女們

未能就食堂的顏色

達成共識。

我的耳朵是否還會

再聽到融雪時附近河流的

吼哮？

元旦。

藍天。

噴射機畫了一條線。

春雨

淹沒

鴿子的窩巢。

鴿子正在前往享受春天的途中。

燕子

今年難道不會

回到它們的起點？

那條蛇

過街

也不望望左右。

火車號叫

然後停下。

鐵軌上一隻沉睡的蝴蝶。

鳥叫

陪伴那個哭泣的孩子

直到母親回來。

麥穗

在春天強風中

交纏在一起。

雌豺嗥叫。

狗從遠方

回應，

在月光照耀的夜裡。

從櫻桃樹的木套裡伸出，

幼芽

宣布它的到來。

春雨

傾瀉到

未洗的碟盤上。

一個小女孩

用花裙子

抹乾雙手。

晨露

隱藏在苜蓿葉的褶皺裡。

沒有人知道

從小泉眼的中心裡

噴出的小溪流

志在奔向大海。

春天黎明。

一個昏昏欲睡的男人的電話。

歌唱的夜鶯

驚逃。

破瓶

盈滿了

春天的雨水。

落在乾草堆上的雨

把春天的氣息

帶給牛。

駄馬

慢下來

當它穿過

苜蓿地。

夏天下午。

母牛哞叫，

驚醒

一個疲倦的男人。

風嘯鳴著

穿過荒蕪的山谷。

沒有過路人。

狗都沒有。

仲夏夜。

月牙兒

把精微的光

照在幾百把倦怠的鐮刀上。

一年的收穫

一天裡聚集

馱在一個疲憊的村民

那匹衰弱的動物背上。

連續多年

那把倦怠的鐮刀

掛在

黑暗的儲物室牆上。

垂柳。

高柏樹。

悲傷的鄰居。

秋天的夕陽。

饑餓的烏鴉

凝視月亮周圍的莊稼。

風

把蒲公英

吹到松樹頂。

一個被風摧毀的鴿巢。

雨下到海上。

一片乾涸的田野。

冬天風暴。

新月

在天空的遼闊裡

更快地移動。

來自東邊的風暴。

飛往

西邊的烏鴉

加速。

鮭魚不知道

河流的終點

於是陪伴它奔向

鹹水。

對於月亮，

問題是：

下面那些人

跟一千年前那些

是一樣的嗎？

那座光輝的橋

遮掩了照在

金色河流上的月光。

但只是一瞬間。

那體弱的村民，

與一頭受傷的動物步調一致，

背著一馱棉花。

稻農之歌。

快樂又悲傷，

但永遠是

那個節拍。

在神殿裡

我有千頭萬緒。

當我離開，

心無掛礙。

「我幫不了你」

是她說的。

「我不愛你」

是我希望她說的。

搖籃裡的

嬰兒

在十二平方米的房間裡並不知道

他自己的床

多長多寬多高。

她如今在哪裡？

她在幹什麼呢？

我已忘記了她。

那蛀蟲放棄

蟲蛀的蘋果

去找新的。

跟孫兒玩遊戲的時候

輸的

總是祖母。

孫兒翻開

祖父一隻眼瞼

讓他看那顆彈珠。

不是東。

不是西。

不是北。

不是南。

只是我此刻所在的地方。

俯瞰深谷

我高喊

並等待回聲。

總是覺得要去見

一個從不出現

並且其名字我也

想不起來的人。

我回來，

脫下新衣服，

再次穿上

舊衣服。

在一百個過路人中

只有一個駐足

在我的牲口棚前。

原諒和忘記

我種種罪過。

但

不致於使我自己完全忘記它們。

III

———

風與葉

月亮
想在那團零散、沉思的雲中
炫耀。

在月亮監視下
那條蛇
爬進蛇窩裡。

離家時
只有
月亮和我。

冷風
與月光一起
穿過門上的裂縫。

滿月
正在與河流
搏鬥，河流
最終把它拖走
奔入大海。

在月光下
葡萄酒杯空了
心也荒了。

你多麼遠。

又多麼近。

你，月亮。

今天早晨

雪裡

只有一道

掃雪人的足跡。

初雪一來

全身

黑溜溜的烏鴉

歡天喜地。

沒這麼

艱苦的，

大雪下

棚屋區的

生活。

一個信使

揣著兩封信

在雪中跋涉。

收件人不詳。

沒這麼

美麗的，

大雪下的

棚屋區。

雪停了。

雨來了。

雨停了。

鳥唱歌。

在我汽車擋風玻璃雨刷下

一首詩《冬天》

凍結了。

凍結的地面上

沒有任何過路人的

痕跡。

早春。

草莓樹叢中的

雜草。

一株幼樹

長高了，

伸向天空，

對斧頭一無所知。

老樹是怎麼

看待

幼樹的？

野花。

沒人看它們。

沒人聞它們。

沒人剪它們。

沒人賣它們。

沒人買它們。

潟湖邊

白花

和臭味。

人行橫道上

躺著

某個人的鈕扣。

在

更具風險的技能中間：

交朋友。

讓我們傾聽

兩隻水生貝殼類動物的談話

如果有這樣的談話。

布滿地雷的地面。

千百棵樹

開滿鮮花。

穿黑衣的人們

經過盛開的櫻花

向一具遺體告別。

剛長大的野草

不認識

老樹。

讚美春天

責難秋天

能得到什麼？

一個離去，

一個抵達。

蜂

棲息在花上。

蝴蝶告辭。

鮮花盛開

至今已有一年。

又一次

鮮花盛開。

稻草人

倒在地面上

因為一群小鳥從頭上飛過。

在屠宰場

有一天

一隻蜜蜂

叮了

屠夫的手。

在漁夫的集市裡

有黑麵包和橄欖，

瓶裝

和罐裝鮪魚。

橙樹。

他們有何感受

當柑橘市場不景氣？

今天

我賣掉果園。

果樹知道嗎？

對某些人來說

山頂是一個用來征服的地方。

對那座山來說

它是下雪的地方。

鐵軌

埋在雪下。

一列火車在途中。

出於疏忽

兩條平行線

相擦。

我躺在

一個光滑的表面上。

地球圓不圓有什麼差別？

我仍然

不相信

轉動的

是地球。

我向樹

致以最大的

敬意。

它掉下一片葉子

也許是作為回應。

柏樹和老松樹

都一動不動。

只有垂柳

籠罩自己。

一陣柔風過後

大樹開始

在池塘上

婆娑。

四棵

分屬四種類型的樹

組成同一種影子

庇蔭四個疲倦的旅人。

樹幹

被運往鋸木廠。

木材

將於星期二準備好。

一隻小烏鴉

在一棵空心樹裡

築巢。

伐木工人

在一堆木柴背後，

一團小火

和濃煙。

都一去不返，

無論是奔往大海的

河流

還是奔赴戰場的

士兵

還是奔向外國的

朋友。

司令的制服

在衣櫃裡

被蛀蟲吃掉了。

青年
上前線。
老人
在農場苦幹。

吹號的士兵
吹得實在差。
尖刻的司令
在早上檢閱時
破口大罵。

在大炮開火時

把手指塞進耳朵裡的士兵

失去他的手指

和耳朵

和眼睛

在眨眼間。

一顆子彈。

一個腦袋。

一天。

一個老婦

在門邊

縮成一團。

「再見。」

一個高個子青年

在小巷盡頭轉身。

溺水者

在生命最後一刻

向世界

獻出泡沫。

農民

在河那邊幹活。

女人在這邊稻田裡。

他們之間，

孩子們長大。

「光榮」這個詞

在泥屋裡

一個窮學生的

筆記本上。

大方的牛

和牛販子

對望。

一頭老驢

馱著比平常

還重的貨物。

那個老村民

抽打那頭病驟的

屁股。

揮之不去的蒼蠅

騎在那頭從一個村子

到下一個村子的

老騾的傷口上。

信封上一張郵票

畫著一個大笑的小孩。

那封信

來自一個憤怒的女人。

他可謂

尖酸

刻薄。

然而

他有一個又甜

又蜜的情人。

兩個工人，互不認識，
在擔架兩端。
第一次相遇。

下水道口
一片片橙皮
自己打轉兒。

莊嚴的大教堂前
一只乞丐碗。

散亂的石塊下
甲殼蟲們交配。
也許。

蒲公英小花
從窗口進來，
從門口出去。

聖殿的地址
寫在一片廢紙上，
攥在一個老婦手中。

煤礦工人
終於號召停止
罷工。

那個男人來了。
那個男人帶著一把鐮刀來了。
你們這些擠在一起的小麥,
是解散的時候了。

一個男人來了,
從外國,
疲倦,
背著一個充滿希望的背包。

所有同情
都沒了
當他掌權。

在詞典裡
社會主義
緊跟著
香腸。

學生班長
應該規矩點。

浪潮對岩石的衝擊。

還要持續多久？

他不會讀

或寫

但說著

我從未讀過

也沒人寫過的話。

我是一個來自卡拉甘的

普通教師。

我有

二十四個學生，

他們剃過頭，

眼睛明亮，

衣領乾淨。

演木偶戲的人

在中午

被孩子們的喧鬧聲吵醒。

噓……

爸爸在睡覺。

六個裝出的微笑

在一瞬間

被一張

紀念照捕捉住。

旅行隊出發，

隊長

在睡覺。

互不認識的親戚
準備一起旅行。

用舊袖子抹去
一滴淚。
他的成績單，不太好，
攥在手裡。

出生的壯麗日子。
死亡的痛苦日子。
之間的一些日子。

張開翅膀的鳥兒

沒有合上翅膀的機會。

自由落體。

現在

在我們來不及反應時

變成過去。

一個發呆的女人

懷中

一個睡覺的小孩手中

一個無頭的玩偶。

這齣非同凡響的戲劇的高潮

最終

由臨時演員們

決定。

透過我的窗口

我看見兩座塔，

一模一樣。

兩條狗，

一白一黑。

一對夫妻，一樣孤獨。

海岸上翻轉過來的漁船邊
小魚的骨架。

這個鍋裡
發生何等重大的革命
當雞零狗碎的材料
都在這裡找到歸宿。

不同的材料
在燒開的水裡。
終於完成統一。
「湯好了。」

廚師

當著我的面

切下它的頭。

用一次性的杯子

喝葡萄酒。

風

朝著

它想去的方向

把鳥兒吹往

它不想去的方向。

一望無際的乾旱。

一望無際的大雨

在懷著希望的人眼裡。

受污染的水

朝著一片長滿紅百合花的田野

湧去。

隨風

從西

到東

一片秋葉。

綠。

硬。

小。

春季的柿子。

其中一個聾啞人

終於

打破沉默

說話了。

一個盲人

手中

暗色盒子裡

一件樂器。

今天

昨天的產物，

明天

今天的產物。

生生死。

而死

生生。

十級臺階。

一個樓梯口。

十級臺階。

一個樓梯口。

十級臺階。

一個樓梯口。

沒人開門。

我來。

你不在。

我離開。

兩盞黃燈

劃破濃霧

不停地移動。

一個無名詩人

在一個被遺忘的角落

宣布

今年是詩歌年。

那年

農民

收穫詩歌

而不是他們的莊稼。

四月

鄰居們把詩歌

曬在晾衣繩上。

推銷員

都在賣詩歌。

一行詩

遺失在海濱。

沒人尋找它。

風

從鄰居的晾衣繩

偷走

一首詩的片段。

貧困的戀人

在暗夜裡

遠離觀察家的注意

派發詩歌小冊子。

鑄幣廠

打造

兩行詩

和四行詩的硬幣。

妓女

從身無分文的顧客手裡

接受詩篇。

就快結婚的姑娘們

要求送她們詩集。

銀行

在考慮

開詩歌分行。

出納員

抽屜裡

詩篇快用完了。

一個赤足少年

用一個對句

換

一把彈簧刀。

發放建築許可證的

委員會

接受詩歌

而不是藍圖。

詩歌商人

在沒有帆的船裡

走私詩歌。

海員

把過剩的詩

傾倒進海裡。

藥房用詩歌作零錢

找給顧客。

一個通曉詩歌的

漁民

在月亮的倒影中

追逐一條魚。

不顯眼的雜貨鋪

門上貼出告示：

「不接受詩歌。」

老練的生意人

雙臂交叉在胸前

唯恐

局勢穩定。

政客們

與熟悉詩歌的同事

協商

尋找解決辦法。

人口調查員

統計

共有十二萬四千個

青年詩人。

在海洋深處，

兩萬里格下，

一塊詩歌碎片在

海草中

扭曲。

牆那邊有人。

牆這邊也有。

兩人

都不知道。

只有詩人知道。

八條或十條魚，

大小不一，

還有一頁紙上一首詩的片段，

在漁夫的網裡。

當我口袋裡沒有什麼

我有詩歌。

當我冰箱裡沒有什麼

我有詩歌。

當我心中沒有什麼

我就什麼也沒有。

在一個狹小的酒店房間

我寫了一首

關於遼闊平原的詩。

黎明時分

我的詩褪色。

太陽一升起

我的詩便消失。

在我童年的舊鞋裡

永遠藏著

一兩首未完成的詩。

我童年

扔到風裡去的風箏

今天落在我的詩裡。

一頁紙上一個詞。

那頁紙

在愛好詩歌的漁民的鉤子上。

他是一個政治家詩人。

或一個詩人政治家。

他的詩

中了

政治毒

而他的政治

完全沒有詩。

他是詩歌專家和詩人

還是品酒家

和喝酒者。

他坐了幾個月牢，

在牢裡他沒寫過一行詩

也沒喝過一滴酒。

他朗誦詩

向那些對酒和詩

一竅

不通的人。

在我兩對白襪子裡

都找到

一行純詩。

如果我願意

我童年的舊鞋子

就會出現在我腳前。

我作品中一個鬱結。

憤怒。

朝沙漠裡走去。

我固執地

走在通往危險的

道路上。

從出發地到目的地

有數百公里。

數百個人

跟我一點也沒關係。

這條小路

沒有盡頭。

我頭頂上

一朵小雲，

枕頭般的雲。

鞋夾緊我的腳。

我對

緊急出口

毫無經驗。

冒天下之大不韙

與智慧之牆保持距離。

多麻煩。

多困難。

多享受。

我穿過烏雲密布的樹林，

從一座靛藍色的山到一片藍色的海，

然而我

依舊悲傷。

多麼愉快，

看到醜陋城市

和醜陋陌生面孔的亂哄哄

當我

從遼闊的平原歸來。

我屋子

正在下雨。

廚房裡，客廳裡，

臥室裡，

都在下雨。

而我，在門廊裡，

望著窗外。

一夜之間

我屋裡數百株酸橙樹

都長高了。

廚房裡覆蓋著葉子。

臥室裡充滿

酸橙的味道。

今天，

在我後院

一隻貓

吃了一隻鴿。

一座
廢棄的屋子裡
幾根濕火柴。

面向太陽的房間，
已有一段時間
沒有陽光。

寂靜統治
我的房間
直到我認識的
一個女人回來。

隔壁屋子

一分鐘的寂靜。

兒童玩耍的聲音。

一張破凳子

在我後院

已有多年。

鄰居的常春藤

在我家院子牆上

越長越繁茂。

總是一片喧鬧

有時

是一份禮物

來自隔壁的屋子。

離家遠了

尊敬也多了。

前院和後院

沒有絲毫

動靜。

我的屋子

在東北方。

我的工作

在西南方。

我在一天裡

穿過

東西南北。

我屋子

有四間臥室。

其中一間臥室裡，

靠邊，

在一張雙人床上

我獨個兒

睡。

我是一座屋子裡養家糊口的人

屋子裡的居住者都已離開。

他們是機會主義者。

每個人都為自己。

隔壁

在慶祝。

慶祝什麼

我不知道。

早晨。

當我離家，我年少。

黑夜。

我回來時老了

帶著千年的憂傷。

我屋子四壁，

平靜而忍耐，

庇護一個老人，他黎明起床

青春煥發。

一個斷頭

戴著眼鏡，

無血，

在我書桌抽屜裡。

在我屋子裡

我是自己的客人。

一個不速之客

按響門鈴。

按了按我的脈搏。

二十七。

把它乘以四。

一百零八。

今天一個，

明天一個，

半杯水送，

空腹。

這個餐前，

這個餐後。

食物，簡單。

休息，絕對。

今天

我每天的日記的第二萬四千頁

翻過去。

我把視線

從鏡子裡移開。

虛弱，這個想法

揮之不去。

溝通，

自願。

命運，孤獨。

我以為自己發燒了。

我沒有。

我以為我戀愛了。

我沒有。

我以為我贏了。

我輸了。

我想栽一枝花。

花

和我。

沒有土。

我想栽一枝花。

土

和我 。

沒有花。

在不久的將來

有花

有土。

沒有我。

過多戀人和美人。

少之又少

融為一體的

兩人。

我嘴巴上有幾千個回答。

沒人提問。

我說

我準備回答任何問題。

有人問幾點了。

對見面的

熱望。

散發香味的空氣。

一個朋友在途中。

我多麼坐立不安。

當我有個約會。

所以

今天我坐立不安。

今晚客人抵達。

我知道

她會坐在哪裡。

我知道

她會喝什麼。

我知道

她會說什麼。

我說了些什麼。

一個陌生人聽見。

他變成朋友。

我如此興奮地講述的

一個故事的命運

就這麼定了

被一個不合時宜的哈欠。

說不出話。

心情沉重。

思緒紛紜。

甚至我的思想

也無法傳到

我房間的四壁外。

我想像力的國度。

無止境。

荒蕪。

現實抽乾我們。

真理

不露面。

唯一肯定的

是

我是我。

我既不壞

也不好。

壞對我很陌生。

好也是。

我是我。

讓我們不談善惡。

你是我的善，

你是我的惡。

讓我們不談朋友和對頭。

你是我的朋友，

你是我的對頭。

讓我們不談
得和失。
你是我所得，
你是我所失。

什麼都別說。
你是你。
我是我。

最終
談話變成爭論，
爭論變成沉默，
沉默變成難受。

始於理解

終於誤解。

我們倆，

你

和我，

都在火裡燃燒

而別人都在看。

像我一樣，

當年

你結了婚

如今我們都單身。

然而

我們擦身而過。

當她笑，

我笑。

當她哭，

我哭。

當她說我聽。

當我說，

她跑。

左邊

或右邊，

前面

或後面，

跟我在一起吧。

別奪去我你的在場。

整天
下雨。
整天
我睡覺。
整天
她流淚。

當你抵達
你已抵達。
當你在這裡
你在這裡。
當你離開，
你已離開。

朋友，

別跟我爭辯。

跟我說話。

跟我聽。

留在我身邊。

如果你要求過我一次

我早就已經離開一千次了。

我要求你一千次。

你不離開。

我想走。

她說留下。

我留下。

她說離開。

我離開。

她來。

我回來。

她離開。

當她來

她來。

當她在那裡

她在那裡。

當她離開

她還在那裡。

她困難地接受。

她痛苦地反應。

她溫柔地離開。

什麼也沒教

什麼也沒學。

巧妙的擺脫。

朋友們

總是冒犯我。

至於敵人

我想不起什麼。

去年

三個朋友死去，

三個對頭誕生，

這都記在

我每天的日記裡。

我回頭看見

一把匕首

和一個微笑。

我們是一生的

朋友。

我們曾是

兩三年的敵人。

隨著一個不速之客的抵達

我孤獨的宮殿

坍塌了。

這悲傷肯定

有結束的時候。

否則就是我結束。

對我每夜的沉默

白蟻們

都很嫉妒。

夜，

徹夜，

我讓半張床

空著。

是我，夜裡

跟一隻老鼠在一起。

我睡在

地毯的這一邊，

老鼠

在另一邊蹦來跳去。

如果我想，

一朵雲就會浮現

在我和太陽之間。

我喜歡玩

但不參與集體遊戲。

而我又覺得單人遊戲無聊。

教教我吧。

我腿這麼長

而小地毯這麼短

我怎樣伸開雙腿

才算合適？

在善與惡之間
我選擇善。
它是一條
充滿惡的道路。

我想想甜蜜
然後嘗嘗它。

我把腿
擱在小地毯外。
沒發生什麼事情。

我拒絕

死亡。

在七十歲生日派對上

死亡展示它的耐性。

我的朋友們

並不理解我。

理解別人

並不容易。

我去那個農場。

沒有農事

沒有農民，

只有一個無頭的稻草人。

我開車兩百公里。

然後，

坐在方向盤前

睡了二十分鐘，

又開了二十公里。

沒有悲傷。

沒有快樂。

我只是

走呀走。

我的影子

在海濱的

沙灘上

越拉越長。

越來越微弱的

是浪濤的聲音。

在暗夜裡，

如同在《奧德賽》裡，

我走上絲綢之路。

黎明時分

我躺在

凹地邊。

我在黑暗中
奔向
相距只有一百里格的
白河。

風
以時速六百英里吹襲，
從西到東，
最後在荒山裡
安定下來。

水攜帶我的護照
朝著我不打算旅行的方向
奔去。

如果我開車二十公里
地面就會變白
而悲傷
將脫離這顆心。

白天
越來越長。
黑夜
越來越短。
前面，
漫長、炎熱的夏天。

夜準時抵達。

黎明準時出現。

公雞準時啼叫。

沉沉睡去，

我時間安排不當。

春天剛來的時候

我離開家。

仲夏。

我睡在樹下。

秋天。

一切都失去了。

真誠的朋友們，

個個獨一無二，

散居各地。

我一半朋友

已經死了。

童年朋友。

一個半空的瓶子。

悲傷和快樂

瀰漫。

我起來

又躺下。

我起來

又躺下。

直到黎明。

我整夜思考。

結果？

整天睡覺。

我睡覺時

草變綠了。

起床

太早了。

再睡

又不可能。

有很多跟我一樣的

失眠者，每一個

都在

各自的孤獨中。

當我睡覺

我已睡覺。

當我站著，

我已站著。

當我離開

我正在離開。

我從屋子裡

逃到街道上

又從街道上

躲進屋子裡。

青草生長的聲音

驚醒我。

一千支箭在我手掌裡。

一千句辱罵在我嘴上。

我沒有射箭

也沒有罵人。

我有一千個理由
做壞人。
唉！
沒人理解。

今天我待在家裡
房門不為任何人
而開。
但我心中的屋子
沒有門。
他們來去
自如，
那些煩人的朋友
和討厭的熟人。

有人大笑

在一群穿黑衣的哀悼者中間。

我望著。

一個風箏

剛好在我頭頂上。

遠方，

那條線的末端

在一個小孩手裡。

狼嚎。

狗吠。

我冷。

夜裡的煎熬。
詩歌救了我。

無論你或我
都做不了什麼
去改善局面。
喝點酒吧，
至少可以。

我笑
而沒有理由，
我愛
而沒有分寸，
我活
而不在乎。
已有一段時間了。

門鈴壞掉了。

那就敲門吧。

讓我們超越

快樂和悲傷。

讓我們超越

分歧與和解。

讓我們超越

無意義又不愉快的言語

和空洞的愛情故事。

讓我們往前走。

譯後記

黃燦然

　　我早已完全不看電影，所以我並不知道阿巴斯。二〇一六年他逝世，看到朋友圈轉發的紀念文章，我也沒看，打開都沒有。直到他逝世之後不久，有朋友想找阿巴斯一句譯成中文的話的英文原文，怎麼也找不到，於是求救於我。我很快就把那句話的原文找到了。在查找過程中，我讀到阿巴斯幾首俳句。印象頗深。如此而已。

　　再稍後，出版社來約譯阿巴斯詩歌，並寄來英譯稿。我一口氣就把阿巴斯三本詩集的英譯讀完了。那時，我剛完成了希尼詩選《開墾地》的翻譯。希尼這本詩集規模之大、難度之高，令我感覺就像下地獄，所以讀阿巴斯就像回到人間。這促使我一鼓作氣翻譯阿巴斯，並且完全停不下來，哪怕是在回香港家的地鐵上，我雖然站著，但還是一手拿著列印稿，一手拿著手機，在手機上翻譯。不到一星期就一口氣譯完了，而翻譯時的狀態，就彷彿上了天堂。本來，翻譯希尼帶來的耗盡，我大概得用兩三星期的休養來恢復。但是通過翻譯阿巴斯三本詩集，

我在一星期內就完成了休養。

交稿後，我親自校對一遍，同時對原作中我不滿意的，以及我自己譯文中不滿意的詩，做了刪減，壓縮成這本阿巴斯詩集。

作為詩人的電影大師阿巴斯，在二十世紀裡，讓我想起作為詩人的德國戲劇大師布萊希特。布萊希特是個大詩人，但他生前幾乎只以戲劇家聞名。如果不是因為我喜歡英國詩人奧登，進而從奧登那裡知道他喜歡作為抒情詩人的布萊希特，我也不會去閱讀並喜歡上布萊希特，進而同樣通過英譯把他的詩歌轉譯成中文，而且碰巧也是要在今年出版。

阿巴斯從小就受詩歌的薰陶。「我家裡的小說，一本本都近於完好無損，因為我讀了它們之後便把它們放在一邊，但我書架上的詩集縫線都散了。我不斷重讀它們。」他能夠背誦伊朗詩人邁赫迪·哈米迪·設拉子的大部分詩。後來在倫敦，有朋友介紹他認識病榻上的老詩人。他當著哈米迪·設拉子一首接一首背誦他的詩，讓詩人感動得老淚縱橫。伊朗本身就是一個詩歌國度，誠如阿巴斯所說：「在那裡我們裝飾詩人的墳墓，在那裡有些電視頻道只播放詩歌朗誦。每當我祖母要抱怨或表

達她對某樣東西的愛，她就用詩歌。」

詩歌並非只是關於人生和世界的，它還能改變我們對人生和世界的看法。「在悄悄絕望的時刻，感到無可安慰，我便使自己脫離野心的激流，伸出去拿一本詩集，並立即意識到我們周遭耗之不盡的豐富性，感到能夠沉浸在這樣一個世界中的人生是有尊嚴的人生。於是我感到寬慰。」也因此，詩歌起到了重新定義人生的作用：「一首詩，每次閱讀都會因為你的心境和人生階段的不同而顯得不一樣。它隨著你成長和變化，也許甚至在你內心成長和變化。這就是為什麼我童年讀的詩，會在今天給我帶來不同的體驗。一首昨天覺得有教益的詩，明天可能就會覺得乏味。又或者，也許用對生命的新看法和新理解來讀，我會興奮於發現我以前忽略的東西。在任何特定情況下，在任何特定時期，我們都在以新的方式與詩歌發生關係。」

在他那本訪談錄精選 Lessons with Kiarostami（中譯名《櫻桃的滋味：阿巴斯談電影》）中，他有很多地方談到詩歌和詩歌的重要性，以及詩歌對電影和其他藝術的重要性。「在伊朗，相對質樸的民眾都懷有一種表達起來很有詩意的人生哲學。一旦拍起電影來，這就是一個寶藏，可以彌補我們在技術方面的

不足」。他認為「詩歌是一切藝術的基礎」，並說「真正的詩歌提升我們，使我們感到崇高。它推翻並幫助我們逃避習慣性的、熟視無睹的、機械性的例常程式，而這是通往發現和突破的第一步。它揭示一個在其他情況下被掩蓋的、人眼看不見的世界。它超越現實，深入一個真實的王國，使我們可以飛上一千英尺的高處俯瞰世界。」

如果我們以為寫詩只是他拍電影之餘順便玩玩的小消遣，那不但會誤解他的詩，還可能會誤解他的電影，因為他與詩歌的關係還遠遠不止於讀詩和寫詩。他還一直在編選和改寫古波斯詩歌，在二〇〇六年至二〇一一年，他終於把這方面的成果公諸於世，相繼出版了古波斯大詩人哈菲茲、薩迪、魯米和現代詩人尼瑪（1895-1960）的詩集，此外還有兩本古今波斯詩人作品的「截句」。在晚年做出如此大手筆的舉措，是因為阿巴斯太知道它們的價值了，不管是對他自己而言還是對讀者而言。

在他的訪談錄中，有一段話談到詩與電影的關係：

我的心靈就像一個實驗室或煉油廠，理念就如原油。彷彿有一個濾器，過濾四面八方各式各樣的建議。一個意象浮現心

頭，最終變得如此糾纏不休，使我不得安寧，直到我做點兒什麼來擺脫它，直到它以某種方式被納入一個計畫。正是在這裡，詩歌向我證明它對我如此方便和有用。我頭腦中一些意象是很簡單的，例如有人用一次性杯子喝葡萄酒、一座廢棄的屋子裡的一盒濕火柴、擺在我後院的一張破凳子。另一些則更複雜，例如一匹白駒在霧中出現，又消失到霧裡去；一座被白雪覆蓋的墓園，而白雪只在三個墓碑上融化；一百名士兵在月光之夜走進他們的兵營；一隻蚱蜢又跳又蹲；蒼蠅圍著一頭騾打轉，而那頭騾正從一個村子走往另一個村子；一陣秋風把葉子吹進我的屋子；一個雙手黑兮兮的孩子坐著，被數百枚鮮核桃圍繞。把這些意象拍成電影，要耗費多少時間？找到一個題材，把這些意象納入一部電影，有多麼困難？這就是為什麼寫詩如此值得。當我費心寫一首詩，我想創造一個意象的願望在僅僅四行詩中就得到滿足。詞語組合在一起，就變成意象。我的詩就像不需要花錢去拍的電影。彷彿我已找到一種每天製作有價值的東西的方法。在拍完一部電影與拍下一部電影之間，我往往有一兩年空檔，但這些日子很少有一個小時被浪費，因為我總是要做些有用的事情。

雖然阿巴斯的詩並不難懂，但是他在談到詩的難懂時，卻說得非常的合理和公正：「我們理解一首音樂嗎？我們理解一幅抽象畫嗎？我們都有自己對事物的理解，有我們自己的門檻，過了那個門檻，理解便模糊了，迷惑便發生了。」他還認為，詩歌是一種「心靈狀態」，因此，「對來自某一文化的詩歌的理解，意味著對所有一切詩歌的理解。」詩歌無所不在，「只需睜開你的眼睛。」他表示，如果有什麼事情引起他的興趣，而他決定把它拍成電影，那麼別人便也有可能覺得它是重要的。詩也是如此。「好詩總是誠實和敏感的。」這使我想起葉慈的一段話：「如果我們理解自己的心靈，理解那些努力要通過我們的心靈來把自己表達出來的事物，我們就能夠打動別人，不是因為我們理解別人或考慮別人，而是因為一切生命都是同根的。」

　　阿巴斯的詩，主要是描寫大自然的。「正是我們這個世界的政治危機幫助我欣賞大自然之美，那是一個全然不同和健康得多的王國。」他談詩時，主要是談詩歌對他的影響，而難得談自己的詩。這是少有的一段：「傳統詩歌根植於文字的節奏和音樂。我的詩更注重意象，更容易從一種語言轉換到另一種語

言而不失去其意義。它們是普遍性的。我看見詩歌。我不一定要讀它。」

除了寫大自然之外，阿巴斯還寫愛情，寫當地風土人情，寫遊子歸家，寫孤獨，尤其是晚年的孤獨。這些，都是阿巴斯的私人世界和內心世界，如果結合他的訪談來讀，以及結合他的電影，就組成了一個裡裡外外、多姿多彩的阿巴斯的世界。而對我來說，阿巴斯永遠是一個詩人。我不僅通過翻譯他來理解這位詩人，而且還將通過繼續翻譯他編選和改寫的古波斯詩歌，來進一步加深理解原本就對我青年時代產生過影響的古波斯詩歌。

古波斯詩歌，主要是以兩行詩組建的，有些本身就是兩行詩，例如魯達基的兩行詩；有些是四行詩，例如伽亞謨著名的「魯拜體」；有些是以兩行做對句，構成十二對以下的詩，例如哈菲茲的一些抒情詩；有些是以兩行做對句，構成十二對以上的詩，例如魯米的一些詩；有些是以兩行詩做對句，構成長詩，例如菲爾多西和賈米的長詩。所以，阿巴斯以俳句或近似俳句的格式寫詩，並非僅僅是採用或效仿一種外來形式，而是與本土傳統緊密結合起來的。在我看來，阿巴斯的詩是獨樹一

幟的。這是因為正兒八經的詩人，他們可能也會寫點兒俳句，因為俳句已經像十四行詩一樣，每個詩人都不能不寫點兒。但是詩人寫俳句，往往是增加或擴大自己的作詩形式而已。他們如果有什麼好東西要寫，也會竭盡全力，把它苦心經營成一首正規合格的現代詩。俳句往往成為一種次要形式，用於寫次要作品。要麼，他們依然用現代詩對好句子的要求來寫俳句，造成用力過猛。因此，我們幾乎看不到有哪位現代詩人是以寫俳句聞名的。像特朗斯特羅姆晚年寫俳句，恰恰證明他寶刀已老，再也無力經營龐大複雜的結構了，於是順手推舟，把一個或兩三個原本可以發展成一首嚴密現代詩的句子記下來，變成俳句。換句話說，寫俳句應該是一生的事業，像日本俳句詩人那樣，才會有真正成就。而阿巴斯碰巧成了這樣一位詩人。你說他「拾到寶」也無不可。

最後，感謝鄭春嬌女士幫我做了初校。

譯者，二〇一七年五月十四日，洞背村

一隻狼在放哨：阿巴斯詩集 / 阿巴斯·基阿魯斯達米 著；黃燦然 譯. -- 初版. -- 新北市： 臺灣商務，2018.11
232 面；13.3 x 20.9 公分
譯自：In the Shadow of Trees: The Collected Poetry of Abbas Kiarostami

ISBN 978-957-05-3175-6 (平裝)

876.51   107017471

Muses

一隻狼在放哨：阿巴斯詩集
The Poetry of Abbas Kiarostami

作　　者—阿巴斯·基阿魯斯達米（Abbas Kiarostami）
發 行 人—王春申
總 編 輯—李進文
編輯指導—林明昌
責任編輯—鄭莛
美術設計—許紘維
內頁排版—黃馨儀

業務經理—陳英哲
行銷企劃—葉宜如
出版發行—臺灣商務印書館股份有限公司
　　　　　23141 新北市新店區民權路 108-3 號 5 樓（同門市地址）
電話◎ (02)8667-3712　傳真◎ (02)8667-3709
讀者服務專線◎ 0800056196
郵撥◎ 0000165-1
E-mail ◎ ecptw@cptw.com.tw
網路書店網址◎ www.cptw.com.tw
Facebook ◎ facebook.com.tw/ecptw
局版北市業字第 993 號
初版：2018 年 11 月
定價：新台幣 350 元
法律顧問—何一芃律師事務所